Ernst Woll

Tierfabeln und Tiergeschichten

Prosa und Poesie

AF140391

2015
Herstellung und Verlag:
BoD - Books on Demand, Norderstedt,
ISBN 978-3-7392-2606-4

Inhalt

Kastrierter Kater Moritz

„Irgendetwas stimmt nicht mehr in dieser Familie", dachte sich ein junger Kater, den ich wie in einem Märchen denken und sprechen lassen will, obwohl er etwas Wirkliches erlebte: „Alle gucken jetzt traurig, wenn sie mich sehen; sie meiden meine Nähe. Der Vater, das Familienoberhaupt, schaut mich sogar böse an, als wollte er mich vergiften! Dabei hatte auch der geschmunzelt und sich gefreut, als ich vor ungefähr einem halben Jahr unter den Weihnachtsbaum gesetzt wurde und nicht wusste, was mit mir geschieht. Jetzt werde ich aber kaum noch in die Arme genommen oder zärtlich gestreichelt. Schnell begriff ich damals, dass ich Moritz hieß, alle riefen immer diesen Namen, wenn sie mich sahen und ich konnte gar nicht anders als darauf zu reagieren. Ich war ein Geschenk für die beiden Kinder, die noch keine Schulkinder sein konnten, denn ich musste immer ein „Ersatzschulkind" darstellen, wenn sie mit ihren Minischulbänken und Schultafeln spielten. Dieses Spielzeug hatten sie auch vom Weihnachtsmann bekommen. Na, dieser maskierte Mensch, der die Weihnachtsgeschenke brachte, war vielleicht komisch. Nachdem er mich aus dem Kasten, mit dem er mich in die Wohnung geschleppt hatte, herausließ, ärgerte er mich dauernd mit seinem Besen. Die Kinder schmiegten sich an ihre Eltern und ich war schutzlos. Wahrscheinlich sollte ich wie in einem Zirkus umher springen oder mich anfassen und streicheln lassen, diesen Gefallen tat ich den fremden Menschen aber anfangs nicht. Ich hockte mich ängstlich in die Stubenecke; da passierte es mir tatsächlich, dass sich meine Blase entleerte – verrückt, selbst das wurde damals vom Hausherrn toleriert – er lachte sogar und sagte: „Erzieht nur den kleinen Moritz, dass er stubenrein wird, sonst kommt ihr mit dem Saubermachen nicht mehr nach." Ich grüble also darüber nach, was könnte die Ursache dieses Gefühlswandels sein? Hin und wieder hörte ich den Ausdruck: „Katzenallergie." Ich kann mir zwar nichts darunter vorstellen, aber es soll eine Krankheit sein, die angeblich durch meine Harre und meinen Speichel bei einigen Menschen ausgelöst werden könnte. Das erscheint mir wahrscheinlich, denn das Mädchen niest viel, bekommt einen Hautausschlag und ganz rote Augen, wenn sie mit mir geschmust hat. Nun dachten diese Menschen neuerdings, ich würde nicht verstehen, was sie beratschlagten; sie wollen mich los werden. Vom Vater aus soll ich sogar ins Tierheim; schrecklich: Dort sind Katzen hinter Gittern und man ist niemals allein. Mutter und Kinder plädieren dafür, dass sie mich mit zur Großmutter aufs Land nehmen. Im Dorf würde es viele frei herumlaufende Katzen geben, auf eine mehr oder weniger käme es dort nicht an. Außerdem sei ich kastriert und stelle deshalb keine Gefahr für die dortige Katzenvermehrung dar. Als ich eines Tages mit ins Auto genommen wurde, spürte ich instinktiv, das ist deine letzte Fahrt mit der Familie, hierher in die Stadt kommst du nicht wieder zurück. Traurig hing ich meinen Gedanken nach, denn ich hatte hier ein gutes Leben, wenn auch durch die Wohnungshaltung eine gewisse Freiheit fehlte. Aber die Kinder gingen fast täglich mit mir in den Park, wo ich zwar meistens an einer Leine ausgeführt wurde. Wenn sie mich aber mal losließen bin ich nicht ausgerissen, weil ich ja wusste, ich würde mein gutes bequemes Leben verspielen. Wir fuhren nun schon eine ziemlich lange Zeit, es wurde angehalten, der Vater musste mal „austreten", die Kinder sagten „pippi machen". Die Autotür war offen und ich sprang unbemerkt raus, aus dem Wald kamen so viele ungewohnte Gerüche in meine Nase, die weckten meine Neugier. Ich war unter einen Busch gekrochen und plötzlich sah ich das Auto wegfahren. Was diese Menschen sich dabei gedacht hatten erfuhr ich nie, aber wahrscheinlich habe ich sie von einem Problem erlöst, sie konnten sagen: ´Der Kater ist ausgerissen und wir haben ihn nicht wiedergefunden´."

Ein Jahr später: Moritz hat ganz vergessen wie er heißt, niemand ruft ihn mehr mit diesem Namen, er ist auf einem Bauernhof einer unter vielen. Wenn er jetzt in der Scheune, umgeben von weichem Stroh, liegt und schläft, träumt er häufig von seinen Erlebnissen nachdem ihn die unverantwortlich handelnde Familie ausgesetzt hatte und er, ein in der freien Natur völlig unerfahrener Kater, nun auf sich allein gestellt war. Alles war neu: Kein fertig zubereitetes Fressen, kein

Dach über den Kopf, keine Menschen, kein Schmusen und Streicheln und dazu Töne, Gerüche und Tiere in der Umgebung, die er noch nie in seinem Leben gesehen hatte. Für all das Zeug benutzten die Menschen Namen, die den Kater aber nicht interessierten. Es war Sommer, er war gesund und er begann an das Überleben zu denken. Stolz war Moritz, als er eine Waldmaus fing, die köstlich schmeckte, viel besser als seine bisherige Fertignahrung. Als es Nacht wurde, bekam er Angst. Er sah einen Fuchs über eine Wiese schleichen, den er nachgehen wollte, vielleicht führte der ihn zu einem Dorf? Plötzlich ertönte ein fürchterlicher Knall, der Fuchs überschlug sich und blieb liegen. Da kamen auch schon Hunde angehetzt und Moritz war froh, dass er sich noch in Sicherheit bringen konnte – er rannte, rannte und rannte, wohin wusste er nicht. Da sah er in der Nähe Häuser – dort musste er hin, das kannte er aus seinem bisherigen Leben und er wollte dort Unterschlupf suchen. Aber schrecklich, er fand sich plötzlich in einem Hühnerstall wieder, das aufgeregte Hühnervieh machte derartigen Spektakel, dass er sofort wieder Reißaus nehmen musste. Aber in einer Scheune fand er schließlich einen ruhigen Platz im Stroh, wo er sich ausruhen konnte. Welch ein Glück, am nächsten Morgen sah er einen großen Hof und einen Fressnapf, an dem sich einige Katzen eine Güte taten. Als sich Moritz näherte wurde er immer wieder weggejagt aber hier schien es genügend Futter zu geben, nachdem die Einheimischen satt waren, konnte er die Reste vertilgen. Nun galt es sich mit den anderen Katzen anzufreunden, denn hier wollte er eine neue Bleibe finden. Das ist zwar schon einige Zeit her aber noch immer ist er Außenseiter. Die anderen nichtkastrierten Kater scheinen zu riechen und zu spüren, dass er nicht mehr für Nachwuchs sorgen kann und attackieren ihn oft. Noch schlimmer sind aber die Katzen, die ihn ständig mit Verachtung strafen, wenn er schon mal Annährungsversuche macht. Jetzt scheint aber für ihn eine Glückssträhne zu kommen, die Bäuerin wurde auf ihn aufmerksam. Moritz durfte sogar schon einmal mit in die Wohnung und wurde gestreichelt. Nur ruft sie ihn nicht Moritz sondern Kater. Vielleicht kommt ihm nun aber zu Gute, dass er als junger Kater den Umgang mit Menschen lernte. Er kann auf diesem Gebiet seine „halbwilden Artgenossen" hier auf dem Lande ausstechen. Die fühlen sich ihm überlegen und wissen gar nicht, dass ihr Nachwuchs oft grausam getötet wird.

Zum Schluss denkt Kater Moritz: Ich kann mich zurücklehnen, ich habe Lebenserfahrungen gesammelt und mit der Kastration haben mir meine ehemaligen Besitzer, die mich aussetzten, sogar einen Gefallen getan.

Akzeptiere den Eigenwille deiner Hauskatze

In unserem Dasein gibt es Sachen,
die uns froh und zufrieden machen.
Hauskatzen ergänzen unser Glück,
sie zahlen uns die Liebe zurück,
die wir vorbehaltlos im Leben
auch bereit sind, ihnen zu geben.

Aber Katzen zu fest an uns binden
lässt sie nicht die Freiheit finden,
die sie nach natürlichen Trieben
verlangen, benötigen und lieben.
Sind sie im engen Raum gefangen.
werden wir ihre Gunst kaum erlangen.

Wir müssen es ihnen gewähren,
dass sie sich katzengerecht ernähren;
dazu gehört auch das Mäusefangen
selbst wenn wir um die Mäuse bangen
die unsere „friedlichen" Hauskatzen
derb bearbeiten mit ihren Tatzen.

Für Wohnungskatzen gehört dazu
man lässt sie hin und wieder auch in Ruh.
Sie fühlen sich wohl in unserer Obhut:
Streicheln zwischen den Ohren tut ihnen gut.
Wir sollten ihnen auch nicht untersagen
nach allem Beweglichem zu jagen.

Die ganze Weihnachtsgans

„Kannst Du mir beispielsweise auch raten,
wie kommen wir zu einem Gänsebraten?"
Fragt ein Schlaumeier nicht nur aus Jux,
den für das Gänsestehlen bekannten Fuchs.
Ausgedacht hatte er sich einen Deal
mit bekanntem gemeinschaftlichen Ziel,
auf das sich Weihnachten sehr vieles richtet,
weil da keiner gern auf Gans verzichtet.

Der Fuchs, als sehr schlaues Tier bekannt,
findet diese Frage auch sofort interessant,
er meint jedoch bedenklich, so nebenbei,
dass ihm nur rohe Gans gelegen sei,
schon seine Vorfahren hätten ihm verraten
diese sei bekömmlicher als ein Braten
und als Fachmann wäre er jederzeit
für einen Gänsestalleinbruch bereit.

Dieses Bekenntnis wollte der Mann ja hören,
er ließ den Fuchs auch sofort schwören,
nichts zu verpetzen, er bleibe außen vor,
nehme die Tiere in Empfang vorm Tor.
2 Gänse müsse der Fuchs allerdings bringen,
er könnte seine Gier nicht bezwingen,
würde bis auf die Federn alles auffressen.
Selbst könne er nur edles Fleisch essen.

Diese Diskussion fand der Fuchs ganz gemein.
Ließe er sich auf dieses Geschäft ein,
würden Gefahren allein bei ihm hier liegen,
während die Hehler oft keine Strafe kriegen.
Sie können sich immerzu damit rausreden,
sie hätten ja niemand ums Stehlen gebeten;
dabei ist immer der Dumme, das steht fest,
der sich von Dealern überreden lässt.

Ein Affe mahnt

Ein Zoo - Affe hinter Gittern spricht:
„Es gefällt mir immer wieder nicht,
die Menschen wollen was zum Lachen
und dafür sollen wir viel Faxen machen!"

Seine Gedanken gehen aber weiter
und die sind bestimmt nicht heiter.
„Wer hat euch eigentlich erlaubt,
dass ihr uns die Freiheit raubt?

Angeblich hat euer Gott bestimmt,
dass wir Tiere untertan euch sind.
Es ist jedoch Niemandem bekannt,
dass er hätte auch Einsperren genannt.

Ich kann sogar bedingt verstehen:
Zum Jagen wolltet ihr nicht mehr gehen,
ihr dachtet euch etwas Besseres aus
und brachtet Nutztiere in euer Haus.

Aber bedenkt, was diese Tiere wollen:
Immer Achtung solltet ihr ihnen zollen,
müsst sie artgerecht pflegen und halten,
die Gesetze der Natur sind dabei einzuhalten.

Viele Mitgeschöpfe, weil das gefällt
man jedoch oft zum Vergnügen hält,
das sind die Tiere im Zoo und Zirkus
und die, die man nur hält zum Luxus.

Dagegen kämpfen wir Tiere nicht an,
nur unerträglich wird es immer dann,
wenn Menschen in uns nur eine Sache sehen
und die Forderungen über das Normale gehen."

Bösartigkeit und Tierquälerei

Wer Tiere misshandelt ohne nachzudenken sogar,
häufig schon als Kind auch bösartig war.
Haben ihm später im Tierschutz Vorbilder gefehlt,
er als Erwachsener meistens zu den Tierquälern zählt.

Gedanken einer Weihnachtsgans

Als ich geschlüpft aus dem Ei
war Weihnachten in weiter Ferne.
Schlimmes ging an mir vorbei
ich flatterte, fraß und lebte gerne.

Da wurde es winterlich kalt
und ich bekam eine Gänsehaut,
ich hörte es wäre Zeit nun bald
dass man mir den Kopf abhaut.

Ungerecht ist es auf der Welt;
ich wuchs und war gut geraten,
dadurch den Menschen es gefällt
aus mir zu machen einen Braten.

Ein frohes Fest heißt Weihnachten,
Menschen werden sentimental
für mich geht´s aber ans Schlachten
das scheint der Welt jedoch egal.

Harmlose Verwechslung

Zum Tierarzt kommt eine Frau mit Hund.
Sie sagt: „Noch sehen sie uns hier gesund
aber ich bin verzagt, wie konnte es nur vorkommen,
er hat meine, ich seine Arzneien eingenommen.
Bitte helfen sie schnell dem armen Tier,
ein Mittel gegen Depressionen war es von mir.
Ihm hatten sie ein Abführmittel verschrieben
aber noch ist bei mir Durchfall ausgeblieben.“

Nach Sichtung der Mittel sagt der Doktor:
„So etwas kommt zwar sehr selten vor,
doch die meisten Arzneien, das wissen wir,
sind gleich einsetzbar für Mensch und Tier.
Die kleinen Pille, die für Sie bestimmt,
dem Hund seine Aufmerksamkeit nimmt,
so wird es ihm bestimmt gleichgültig sein,
setzt bei Ihnen ein harmloser Durchfall ein.“

Hausschwein-Sau und junger Keiler

„Oh, fiel mir das Laufen schwer, ich musste aber schnell weg, damit man mich nicht einfängt und wieder in das Hungerlager sperrt." So beginnt die Erzählung einer jungen Hausschwein-Sau, die Anfang der 1950er Jahre aus einer Schweinehütte einer LPG (Landwirtschaftliche Produktions-Genossenschaft) in der DDR floh. Dort war im Januar alles Winterfutter aufgebraucht und die neue Ernte noch weit weg. Die Schweine mussten hungern und froren in den primitiven Unterkünften, weil es außerdem wenig Stroh gab. Sie fuhr fort:

„Die erste Etappe hatte ich geschafft als ich das Gebüsch am Waldesrand erreichte, wo ich mich zunächst versteckte. Es lag nur wenig Schnee, ich wühlte mich in das vorhandene Laub und war damit auch etwas gegen die Kälte geschützt. Wahrscheinlich schlief ich nach dieser Anstrengung doch tatsächlich ein, denn als ich die Augen aufmachte war es dunkel geworden. Bestimmt war ich aber noch nicht sehr weit von der Schweinehüttenanlage entfernt, denn ich hörte noch das Schreien meiner zurück gebliebenen Leidensgenossen. Wahrscheinlich hörten sie jetzt gegen Abend das Klappern der Futtereimer, in denen immer nur eine dünne Kartoffelbrühe war, die nicht satt machte und nicht einmal für alle reichte. Aber mein Magen knurrte nun auch fürchterlich, es wurde wirklich Zeit, dass er etwas zum Verdauen bekam. Ich stellte mir deshalb auch die Frage: `War es richtig, dass ich ausgerissen bin´? Hier hatte ich jetzt gar nichts Fressbares mehr und vor allem viel Durst. Ja Wasser bekamen wir in der LPG genug und ich hörte auch unsere Pfleger sagen: `Gebt den Schweinen genug Wasser, das ist das billigste und einzige Futter, wovon wir noch genug haben´.

„Ich wühlte mit meinen Kopf im Laub, um mir den Schlaf aus den Augen zu reiben. Da kam mir ein bekannter Duft in die Nase und ich dachte: `Wenn ich doch die Augen einer Katze hätte und in der Dunkelheit besser sehen könnte, dann wüsste ich, was hier in der Nähe vor sich geht!´ Es roch nach rohen Kartoffeln, so etwas hatte ich vor langer, langer Zeit schon mal geschnuppert. Meiner Nase folgend ging ich deshalb auf das aus der Ferne Unsichtbare zu. Dort sah ich im Mondschein ein Rudel Wildschweine. Instinktiv war mir sofort klar, diese mir ähnlichen Wesen sind deine wilden Vorfahren – von ihnen hast du nichts zu befürchten. Sie hatten sich Zugang zu Saatkartoffeln verschafft, die in einer Miete in einem Garten winterfest gelagert worden waren. Ich entdeckte auch das Loch im Gartenzaun, schlüpfte durch und gesellte mich zu meinen Artgenossen, die sich schmatzend eine Güte taten. Sie schien meine Anwesenheit und mein gieriges Mitfressen gar nicht zu stören, denn es gab genug. Scheinbar war auch mein Hausschweingeruch nichts Abstoßendes für sie. Freilich an meiner hellen Haut mit den wenigen Borsten hätten sie erkennen müssen, dass ich eine Fremde war. Aber wahrscheinlich können Wildschweine schlecht sehen. Ich hatte mich noch nicht satt gefressen, da ertönte Hundegebell. Das Wildschweinrudel ergriff die Flucht und ich jagte hinterher. Mit ihrer Geschwindigkeit konnte ich nicht mithalten und befürchtete schon, dass mich der Hund einholte. Der schien aber zurück gehalten worden zu sein.

Nur gut, dass ich, das Hausschwein, das naturgegebene Wittern nicht verloren hatte, deshalb fand ich meine Lebensretter im Wald wieder und blieb in ihre Nähe. Zumindest war mit ihnen zusammen und ihrer Hilfe meine Überlebenschance gewachsen. Die Wildschweine nahmen gar keine Notiz von mir, nur ein junger Keiler näherte sich und begann mich auch zunächst mit seinem Rüssel zu schupsen. Das war mir gar nicht unangenehm, denn ich schien brünstig geworden zu sein und da lässt man sich ganz gern mit einem männlichen Tier ein. Er war nicht so adrett wie die jungen Hausschweineber, die ich kennen gelernt hatte, aber ich ließ trotzdem die Paarung zu.

Ich blieb beim Rudel und genau nach 3 Monaten 3 Wochen und 3 Tagen nach diesem Zusammensein mit dem jungen Keiler setzten bei mir Geburtswehen ein. Es war inzwischen Anfang Mai, also Frühling geworden und ich begab mich in das Geburtsnest, das ich mir nach dem Vorbild der anderen Bachen an trockener Stelle hergerichtet hatte. Wahrscheinlich wusste der Keiler gar nichts von seinem Vaterglück, denn nach dem Deckakt hatte er sich nie mehr um mich ge-kümmert.

Sechs Ferkel, oder besser Frischlinge, brachte ich fast mühelos zur Welt, denen schmeckte meine Mutter-milch ganz vorzüglich und sie wuchsen schnell. Etwas verwundert war ich schon über das Aussehen meiner Kleinen, die Farbschattierungen ihrer Haut reichten von schwärzlich, braun bis hell, auch Wild- und Hausschweinborsten waren zu sehen.

Mir ging es im Wald den Umständen entsprechend gut, aber ich wäre sicher nie ein richtiges Wild-schwein geworden, sie hatten doch etwas andere Fress- und Lebensgewohnheiten als ich, ein domesti-ziertes Hausschwein.

Vielleicht war es deshalb mein Glück, das mich ein Förster aufspürte als meine Frischlinge gerade Mal 3 Wochen alt waren. Es gelang ihm nicht ganz mühelos mich und meine Kleinen in einen Käfig einzufangen und uns im Stall der Försterei unterzubringen. Hier zeigte meine Nachkommenschaft was in ihr steckte. Die Kleinen übersprangen mühelos bis 1,5 m hohe Buchtenabtrennungen und flitzten im Stall herum, so dass die Försterfamilie ihre Not hatte, sie im Zaum zu halten. Nach 10 Wochen verschmähten sie teilweise meine Milch, bevorzugten als Futter Eicheln und alles was Wildschweinen so schmeckt. Damit wurden sie auch in der Försterei gut versorgt. Ich dagegen ge-wöhnte mich schnell wieder an das Hausschweinfut-ter, an dem hier auch kein Mangel bestand. Mir gefiel es nun in den geschützten Stall mit Stroh in der Försterei wieder gut und mein Nachwuchs wurde bis zum Alter von etwa einem Jahr gehalten." Damit beendete die Sau ihre Erzählung.

Menschen, Vegetarier, die also zum Schutz der Tiere kein Fleisch essen, sollten nicht weiterlesen. Sie werden vom Ausgang der Geschichte enttäuscht, denn ich wollte real bleiben.

Eine weitere Zucht mit diesen Abkömmlingen von Haus- und Wildschwein ist nicht möglich, Tiere aus solchen Paarungen sind nach bisherigen Erfahrungen unfruchtbar. Bleibt also ihre Schlachtung, aber auch in der Natur wären die Tiere Ziel der Jagd geworden. Die Muttersau, die so Außergewöhnliches erlebt hatte, wurde nach dem Absetzen der „wilden Ferkel" nicht gleich geschlachtet, sondern sorgte noch für weiteren Nachwuchs „echter Hausschweine", die letztlich genau wie sie aber auch der Fleischversorgung dienten.

Sektenglaube und Hexerei

Über die bekannte Hexerei
hört man noch heute allerlei;
sie hat, so wird oft berichtet
schon viel Unheil angerichtet;
dabei ist besonders zu nennen
das einstige Hexenverbrennen
und wie auch einige Sekten
immer wieder Ängste weckten.
Ich will deshalb eine Story erzählen,
wie Menschen, Menschen quälen.

Es ist nunmehr länger als 75 Jahre her, dass ich oft und gern den Erzählungen meiner Großmutter lauschte, die auch viele Geschichten über Hexerei wusste. Sie beließ es nicht dabei mir die Geschichte von „Hänsel und Gretel", in der die furchterregende Hexe vorkommt, vorzulesen. Sie berichtete von Episoden in denen Zauberei und Aberglaube eine große Rolle spielten. So erzählte sie mir eine Geschichte bei der ich sogar vermutete, dass sie bei dieser selbst beteiligt war. Sie gab aber den Handelnden andere Namen als die, die ich aus unserer Verwandtschaft und meiner Umgebung kannte und behauptete, solche Begebnisse müssten anonym bleiben. Diese Menschen und deren Nachkommen könnten sonst in einen schlechten Ruf geraten.

Das achtjährige Mädchen, dessen Lebensweg und deren Begegnungen mit der Hexerei ich erfuhr, nannte meine Oma Elfriede. Es wuchs in der Mitte des 19. Jahrhunderts in einem Dorf in einem Ostthüringer Bauernhof auf – das stimmte sogar mit dem Lebenslauf meiner Großmutter Ida überein. Elfriedes Schulkamerad, den diese vom ersten Schultag an als ihren Freund auserkoren hatte, gab sie den Namen Franz, dessen Eltern waren ebenfalls Bauern. Sie besuchten die Dorfschule, in der alle Kinder von der 1. bis zur 8. Klasse in einem Raum unterrichtet wurden.

Beide mussten schon als Kinder tüchtig in der Landwirtschaft mitarbeiten. In ihrer geringen Freizeit spielten sie aber gern zusammen. Im Sommer war das in Wald und Flur problemlos aber im Winter und bei sehr schlechtem Wetter mussten sie geschützte Stellen aufsuchen. Sie fanden den Kuhstall der Eltern von Franz, die in allem sehr großzügig waren, günstig. Elfriedes Eltern durften von diesem Zusammensein nichts mitbekommen. Den Kindern machte es Spaß, schon den Kälbern Jungen- und Mädchennamen zu geben. Ein sehr munteres schönes Kalb taufte Franz Elfriede, worüber diese erst schmollte es aber dann akzeptierte, als er ihr die ganzen Vorzüge dieses Tieres geschildert hatte.

Franz musste schon als Zehnjähriger allein die Kühe auf der Weide hüten. Gern gesellte sich Elfriede dazu. Sie setzten sich hinter einem Busch nebeneinander und er erzählte ihr in einfacher verständlicher Weise einige Märchen, die er aus Büchern und von Erzählungen seiner Eltern kannte. Derartige Märchenerzählungen gab es in Elfriedes Elternhaus nicht, da wurde nur in der Heiligen Schrift gelesen und nur über diese Themen gesprochen. Sie gehörten einer strengen Sekte an. Elfriedes Vater hätte sie bestimmt ganz schlimm verprügelt, wenn er herausbekommen hätte, dass die beiden Kinder im nahen Fischteich manchmal badeten. Als Badekleidung behielten sie ihre Schlüpfer und er seine Unterhose an und es gab Probleme, diese wieder rechtzeitig trocken zu bekommen.

Die Zwei waren ungefähr 13 Jahre alt, da wurde ihre Freundschaft auf eine harte Probe gestellt. Im Dorf war eine Rinderseuche ausgebrochen und Elfriedes Vater behauptete, die Ursache wäre das gottlose Verhalten einiger Bauern. Besonders die Eltern von Franz nahm er ins Visier und bezichtigte sie der Hexerei. Dazu kam heraus, dass sich Elfriede manchmal heimlich mit dem Jungen Franz getroffen hatte. Sie durfte nicht mehr zur Schule gehen, alle ihre Schritte wurden bewacht und kontrolliert, sie wurde regelrecht eingesperrt. Es gelang ihr nicht einmal ihren Freund zu benachrichtigen, der aber glaubte, sie wolle nichts mehr mit ihm zu tun haben und die Freundschaft aufkündigen.

Das Zerwürfnis der Familien zog solch große Kreise, dass sich das Amtsgericht damit beschäftigen musste. Auch das Kind Elfriede sollte Zeugenaussagen machen, vor allem über die Rinder im Gehöft der Eltern von Franz. Ihr Vater hatte herausbekommen, dass sie mehrmals mit dem Jungen im Stall gewesen war. Nach Forderung ihres Vaters sollte Elfriede bestätigen, dass die Rinder dort alle Menschenvornamen hätten und als erste im Dorf von der Seuche betroffen gewesen wären. Sie weinte vor den hohen Herren des Gerichts und brachte mühsam nur die Worte heraus: „Dort gibt es keine kranken Rinder, sondern liebe niedliche Kälber und gute Kühe." Damit war sie bei ihrem Vater gänzlich in Ungnade gefallen, er drohte, sie zu verstoßen. Dem Amtsrichter muss sie sehr Leid getan haben, denn er erreichte, dass sie von ihren Eltern weg kam und in der Stadt bei einer reichen guten Herrschaft als Dienstmädchen mit Familienanschluss aufgenommen wurde. Elfriedes Vater wurde wegen übler Nachrede zu einer Geldstrafe verurteilt.

Meine Großmutter sagte mir damals als Kind, als sie mir diese Geschichte erzählte: „Vor ein paar hundert Jahren wäre diese Geschichte ganz anders ausgegangen, da wäre vielleicht die Mutter von Franz als Hexe angeklagt worden. Elfriedes Vater hatte nämlich vor Gericht ausgesagt, dass diese Frau den Kühen die Namen gäbe und auch oft Heilkräuter sammeln würde, die sie bei Tieren und Menschen als Heilmittel anpreise. Er wisse aber es seien Teufelskräuter, wovon die Geschöpfe noch schlimmer erkrankten. Gegen diese Frau wäre bestimmt ein Hexenprozess eröffnet worden.

Nach dem großen Schmerz, den Elfriede durchlitt, war es aber letztlich ein großer Glücksfall für sie, dass Franz nach Abschluss der Volksschule ebenfalls in die Stadt zu einem Viehhändler in die Lehre kam. Sie trafen sich deshalb nach einem reichlichen Jahr wieder. Fortan ließen sie sich nicht mehr aus den Augen und mit 21 Jahren, als sie volljährig wurden, heirateten sie. Franz übernahm den Bauernhof der Eltern – er wurde ein fortschrittlicher, geschätzter Landwirt und Elfriede eine glückliche zufriedene Bauersfrau.

Ein Gespenst in der Küche?

„Opa sag´ schnell ganz ehrlich,
sind Geister auch sehr gefährlich?"
Fragt ängstlich der 7jährige Enkel,
flüchtet sich auf Opas Oberschenkel.

„Du musst es mir schon sagen,
was bedeuten dein Fragen?
Es ist bestimmt etwas geschehen,
hast du etwas Unheimliches gesehen?".

„Warum bekommst du alles raus",
erwidert nun der kleine Klaus,
zeigt zwei zerbrochene Tassen,
die sich nicht reparieren lassen.

„Ja, im Küchenschrank ganz oben
hat plötzlich alles sich verschoben,
die Tassen fielen alle nach unten,
zerschellt am Boden hab ich sie gefunden.

Gar Niemand war in der Küche,
dort gab´s auch eigenartige Gerüche.
Ich denke Teufel stinken immer so.
Es roch wie in einem dreckigen Klo.

Das waren teuflische Geister,
die wurden gefährlich, dreister.
Ich hörte katzenartiges Kreischen,
der Schrank schwankte ohne gleichen.

Schnell bin ich ausgerissen
und will von dir nun wissen,
können Geister solche Sachen,
ohne dass wir sie sehen, wirklich machen?"

Der Opa hat es nie genug bedacht,
wenn er dem Jungen Angst gemacht,
ihm oft Schauermärchen erzählte
und ihn damit vielleicht gar quälte.

Sagt: „Komm, wir gehen sofort
an diesen schlimmen Geisterort,
dort werden wir sehr schnell erfahren
ob im Raum gefährliche Geister waren."

Sie öffnen dir Tür nur einen Schlitz,
heraus saust die Katze wie ein Blitz.
Erleichtert sagt der Opa jetzt:
„Das war der Geist, der ist davon gehetzt."

Für die Hauskatze, die immer scheu,
war ein Türzuschlagen ganz neu.
Sie wollte neues Gebiet erkunden,
hat im Raum keinen Ausgang gefunden.

Begreifbar ihr panikartiges Verhalten,
den Kot kann sie auch nicht halten
aber die Küchenschranktür steht offen,
vielleicht kann sie auf ein Versteck hier hoffen?

Den Raum betritt das Kind in dem Moment
als das Tier im Schrank rum rennt.
Seine Reaktion ist voll zu verstehen:
Hier muss grad Gespenstiges geschehen!

Willst du Kindern was erzählen,
solltest du Vernünftiges auswählen,
denn die Wahrheit in der Geschicht´:
Gefährliche Geister gibt es nicht.

Bulle ist mehr als ein Tier

Bulle nennt man einen starken Stier,
ein männliches geschlechtsreifes Tier.
Das Wort ist aber manchmal auch
für andere Bedeutungen im Gebrauch.

Jedermann den kräftigen Ausdruck kennt,
wenn man den Polizist einen Bulle nennt.
Bulle hört man Leute auch oft sagen
zu einem gigantischen Lastkraftwagen.

Bulldozer nennt man ferner Maschinen,
die schweren Lastbewegungen dienen.
Allerdings freundlich ist jemand nicht,
zieht er ein finsteres, bulliges Gesicht.

An der Börse wird optimistisch reagiert,
wenn der Bullenmarkt gerade gut floriert.
Urkunde im Mittelalter Bulle genannt,
damals als Name auch für Siegel stand.

Eine Schrift kann auch der Papst verfassen
und damit eine päpstliche Bulle erlassen.
Bulle nennt man in Filmen einen Mann,
der sich als Kraftprotz durchsetzen kann.

Außerdem wird die Hunderasse Bullterrier charakterisiert durch ein kräftiges Tier, Bulldogge, Dalmatiner, die Ursprungsrassen sich im Aussehen hier wiederfinden lassen.

Schäfer beherbergt einen Wolf

An schönen Sommertagen genießt der Schäfer gegen Abend vor Sonnenuntergang mit seinen Hunden gern ein besinnliches Stündchen. Die Tagesarbeit ist im Wesentlichen getan und in der Schafherde herrscht Ruhe. Die Tiere wollen vor der Nachtruhe noch genüsslich fressen, sie scheinen zu spüren, bald werden sie in den Pferch gesperrt und sind dann die ganze Nacht mit einem Zaun umgeben. Wer also jetzt die Zeit nicht nutzt, behält einen hungrigen Magen.

Auf der kleinen Treppe des Schäferwagens, in dem der Mann nachts schläft, um ständig in der Nähe seiner Herde zu sein, sitzt der Schäfer und raucht eine Tabakspfeife. Das vertreibt an diesem Sommerabend die vielen Mücken, die von dem Wassertümpel her kommen, der sich in der Nähe der Weidefläche befindet. Neben ihm auf dem Boden liegen seine beiden Hütehunde, denen eine gewisse Spannung anzumerken ist, denn sie warten auf den Befehl die Schafe in den Pferch zu treiben. Eine Arbeit , die sie gern und freudig verrichten.

Plötzlich knurren die beiden Hunde aggressiv, als ob sie eine Gefahr witterten. Auch bei den Schafen beginnt eine gewisse Unruhe, die Tiere hören auf zu grasen und streben zusammen in Richtung Pferch, obwohl die Hunde noch gar nicht begonnen haben sie dorthin zu treiben.

Der Schäfer sieht, auch ohne Fernrohr, in weiter Ferne einen Schäferhund am Waldrand entlang schleichen. Er ärgert sich, dass ein Tierhalter wieder einmal nicht auf seinen Hund achtgab und ihn der Gefahr aussetzt, als vermutlich wilderndes Tier abgeschossen zu werden. Auf diesem Gebiet sind die Weidmänner oft unerbittlich oder auch unvernünftig. Da hat doch vor einiger Zeit ein solch „Unbesonnener" sogar einen seiner Hunde erschossen. Nach der Tat meinte er, es wäre aus Versehen geschehen und er hätte zu spät gesehen, dass er einen abgerichteten Hütehund vor der Flinte hatte. Was nützte da die Geldentschädigung, der Schäfer trauerte um seinen Liebling, der ihm ans Herz gewachsen war. Außerdem hatte er viel in die Ausbildung des Tieres investiert, für ihn war es nur schwer ersetzbar.

Die Nacht verlief ohne Zwischenfälle. Am Morgen, nachdem die Schafherde wieder ihren Auslauf hatte und die Hunde mit Futter versorgt waren, schaut der Schäfer auf seinen typischen Stock gestützt in die Ferne. Er verspürt eine Wetteränderung – in der Wettervorhersage ist er besser als mancher Meteorologe – er weiß viele Erscheinungen, die andere Menschen gar nicht erkennen, zu deuten. Die Schafe sind an diesem Morgen besonders unruhig, also vermutet er ein nahendes Unwetter, das meist einen Wetterumschwung einleitet. Als er in der Ferne wieder diesen vermeintlichen Schäferhund erblickt, wird er aber unsicher, ob Wetterumschlag oder dieser Hund für das sonderbare Verhalten seiner Tiere verantwortlich ist, denn es ist eigenartig, gegenüber fremden Hunden verhielten sich die Schafe ansonst nicht so ängstlich. Auch seine beiden Hütehunde wurden in der Regel gegenüber anderen Hunden erst dann kämpferisch, wenn diese näher kamen. Der gesichtete Hund, der wieder im Wald verschwand, muss eine besondere Art gewesen sein, denn die Tiere beruhigten sich nur langsam.

Auf alle Fälle trifft er in aller Ruhe Vorbereitungen, um gegen ein zu erwartendes Gewitter gewappnet zu sein. Dem fremden Hund schenkt er keine weitere Beachtung, seine beiden erfahrenen Hütehunde sind bestimmt in der Lage diesen „Fremdling" abzuwehren.

Am Nachmittag trifft seine Vorhersage ein, am westlichen Himmel zeigen sich schwarze Wolken und Blitz und Donner sind zeitlich gar nicht mehr weit auseinander; also dauert es nicht mehr lange bis das Unwetter losbricht.

Die Schafe sind im Pferch, die Hunde liegen unter dem Wagen, er hat seinen wasserdichten Umhang übergestülpt und setzt sich an den Eingang seines Wagens. Da sieht er, dass sich gar nicht weit entfernt der fremde Schäferhund heranschleicht. Hat das Tier vielleicht auch Angst bekommen und sucht Menschennähe? Seine beiden Hunde knurren nur leise, also wittern sie keine große Gefahr. Er wird deshalb das Tier keinesfalls fortjagen.

Noch hat es nicht angefangen zu regnen, da schlägt in der Nähe ein Blitz in einen Baum; diese Einschläge, noch vor beginnendem Regen, haben schon manchen Unfall verursacht. Die meisten Menschen glauben, das Gewitter beginnt gemeinsam mit Regen und suchen erst dann Schutz, wenn die ersten Tropfen fallen. Der Schäfer muss dabei an seinen im vorigen Jahr durch einen Blitz ums Leben gekommenen Berufskollegen denken; dieser stand bei einem nahenden Gewitter auf einer kleinen Anhöhe – weit und breit kein Baum – er hielt seinen Stock mit dem Metallhaken aufrecht und bot damit eine Anziehung für den Blitz, der vor dem beginnenden Regen einschlug und ihn tötete.

Als der Schäfer jetzt in das Gesicht des heranschleichenden Tieres guckt, weiß er sofort, er hat einen ausgewachsenen Wolf vor sich. An dessen Gebaren erkennt der Mann aber, von diesem Tier geht keine Gefahr aus. Der Schäfer verhält sich deshalb genau wie seine Hunde, ruhig und gelassen ohne herausfordernde Abwehr. Er lässt den Wolf an einer äußeren Ecke unter dem Wagen Schutz vor dem Unwetter finden. Still, unaufgeregt verharren die vier Lebewesen eine geraume Zeit, bis der starke Regen nachlässt und auch das Gewittergrollen nur noch aus weiter Ferne zu vernehmen ist. Da verlässt der Wolf seine Schutzunterkunft und trottet wieder in Richtung Wald.

Am nächsten Tag scheint das Raubtier wieder seine ihm angedichtete Bösartigkeit gegenüber Menschen zu vergessen, es wagt sich an die Futternäpfe der Hunde. Die bemerken das gar nicht, denn sie sind durch ihre „Hütearbeit" in Anspruch genommen. Obwohl bekanntlich Schafe zu den Beutetieren des Wolfes gehören, zeigt dieser absolut kein Interesse an den Tieren dieser Herde. Das scheinen die Schafe irgendwie zu spüren, denn in den folgenden Tagen, wenn das Raubtier wieder zum Schäferwagen kommt, bleibt nach und nach die anfängliche Unruhe in der Herde aus.

Von März bis November ist der Schäfer täglich Tag und Nacht mit seinen Hunden bei seinen Schafen. Für die wenigen Tage, an denen er sich hin und wieder freinimmt, hat er immer Schwierigkeiten eine Vertretung zu finden. Deshalb kommt es sogar vor, dass dann die Herde in den Stall muss. Der Mann ist aus Passion Schäfer und bedauert, dass es heute so wenige Jugendliche gibt, die diesen Beruf ergreifen wollen. Er freut sich, dass seine 10jährige Enkelin, ihn zumindest zurzeit beteuert, den Schäferberuf erlernen zu wollen. Hoffentlich bleibt sie bei der Stange! Sie besucht den Schäfer ab und zu bei der Herde und ist ängstlich erstaunt, als sie von ihrem Opa auf den in der Nähe herumschleichenden Wolf aufmerksam gemacht wird. Noch sind die Geschichten in ihrem Gedächtnis wach, die sie als kleineres Kind erzählt oder vorgelesen bekam. Darin wird dieses Tier – z. B. in „Der Wolf und die 7 Geißlein" oder „Rotkäppchen und der Wolf" – immer als Bösewicht dargestellt. Sie hat deshalb Angst, den Nachhauseweg allein anzutreten und es kostet viel Überredung des Großvaters ihr klar zu machen, dass von diesem Tier, dass in dieser Weise die Menschennähe sucht, absolut keine Gefahr ausgeht.

Am nächsten Tag kommt die Enkelin wieder zum Schäfer auf die Weide und winkt schon von weitem mit einer Zeitung. Sie zeigt ihrem Großvater einen Artikel, in dem von einem Wolf, der aus dem Zoo in der nahen größeren Stadt ausriss, berichtet wird. Seit einigen Wochen hat man ergebnislos nach ihm gesucht. Diese Mitteilung stürzt den Schäfer in Gewissensnot; er hat sich sehr an den Wolf gewöhnt und wollte all zu gern prüfen, ob sich dieses Wildtier nach und nach zähmen ließe. Nun muss er ihn wieder in den Zoo abgeben, wo es mit der Freiheit für dieses Tier vorbei ist. Schon als die erfahrenen Zooangestellten mit ihrer Lebendfalle eintreffen und den Wolf geschickt einfangen, blutet dem Schäfer, dem Tierfreund, das Herz. Ein Blick in das traurige Wolfsgesicht zeigt ihm, auch Wildtiere haben Gefühle.

Gegenwärtig werden auch in Deutschland in einigen Gegenden wieder eingewanderte Wölfe beobachtet und erfreulicher Weise geduldet. In vielen Untersuchungen wird gezeigt, dass heute Menschen vor diesen Raubtieren keine Angst haben müssen. Wie auch in der vorangegangenen wahren Geschichte gezeigt wird, geht von diesen Raubtieren keine Gefahr für Menschen aus.

Leo – du alter Hund

Bezeichnet man einen Menschen als „Du alter Hund"
bescheinigt man ihm eine gewisse Schläue. Leo, ein
Männername und der lateinische Name für Löwen,
wurde ein Hund gerufen, der sich nicht mehr männ-
lich durchsetzte und sich auch nicht wie ein Löwe
verhielt, weil er schon alt geworden war. Er hatte das
greisenhafte Hundealter von 16 Jahren erreicht und
blieb aber wahrscheinlich für immer ein schlauer
Hund.

Leo hatte in seinen jungen Jahren seine Hauptaufgabe,
nachts einen Bauernhof zu bewachen, sehr ernst genommen und sein Besitzer war immer zufrieden mit
ihm gewesen. Es war durchaus üblich, dass die
Wachhunde am Tage frei herumlaufen durften, aber in
der Nacht niemand in das Anwesen ließen.

Nun wurde jedoch ein junger Hund angeschafft, weil
man meinte, „der alte Knabe" wäre zu träge geworden, könnte Einbrecher eventuell nicht mehr vertrei-
ben, würde zu viel schlafen und hätte seine ehemalige
„Hundeschläue" verloren. Diesen Rivalen mochte Leo
gar nicht leiden, und er war auch nicht bereit ihm die
Kniffe eines erfahrenen Wachhundes zu übermitteln.
Im Gegenteil, er verhielt sich wie ein älterer Mensch,
an dessen Arbeitsplatz plötzlich ein Junger auftaucht,
den er anleiten soll, wobei er ahnt, der würde ihn bald
ersetzen.

Für beide Hunde gab es reichlich Futter und der Jüngere, der übrigens Canis – lateinischer Name für Wölfe – genannt wurde, ließ auch dem Älteren genügend ab, er war nicht „futterneidisch". Im Grunde verhielt er sich auch nicht wie ein Raubtier, so wie seine Vorfahren, er war echt domestiziert. Trotzdem fletschte er seine Zähne wie ein Wolf, wenn sie gemeinsam eine läufige Hündin in der Nachbarschaft witterten und er dort zufällig mit Leo zusammentraf. Hier wurde dann ein menschenähnliches Verhalten sichtbar, die Hündinnen bevorzugten meistens den Jüngeren und der Ältere zog sich enttäuscht zurück. Aber Leo erinnerte sich gern an seine „Sturm- und Drangzeit" während der er wahrscheinlich im Dorf für reichlichen Hundenachwuchs gesorgt hatte – diese vielen Nachkommen kennen aber heute ihren richtigen Vater Leo nicht mehr, oder wollen ihn auch gar nicht mehr kennen. Gegenüber Tieren zeigt sich hier bei Kindern ein ungleiches Verhalten, die wollen in der Regel wissen, wer ihr leiblicher Vater ist.

Also: Canis war kein Raubtier mehr und Leo verband mit seinem Namen auch nicht die bekannte Grausamkeit der männlichen Löwen, die oft den Nachwuchs töten, um schnell wieder eigene Nachkommen zu zeugen. Er wollte mit den vielen Hunden, die mit seinen Genen im Dorf herumliefen, wahrscheinlich nichts mehr zu tun haben. Übrigens auch eine manchmal anzutreffende Vätereigenschaft bei Menschen, wahrscheinlich wegen der Alimente, den in die Welt gesetzten Nachwuchs verleugnen zu wollen,.

„Spare in der Zeit, so hast du in der Not", diese weise Regel beherzigen manche Menschen, aber sie ist auch vielen Tieren eigen. Für Mensch und Tier kann es aber auch schief gehen, wenn das Aufgehobene durch Versagen Einzelner oder höhere Gewalt plötzlich verschwindet. Für Menschen geht es dabei meistens um Geld, das in der jetzigen Krise nirgends mehr sicher ist. Bei Tieren geht es ums Fressen; Leo zeigte in diesem Zusammenhang bei der gegenwärtigen unsicheren Vorratshaltung auf allen Gebieten die Klugheit des Älteren.

Beide Hunde fanden beim Herumstreichen am Dorfrand eine Stelle, wo wahrscheinlich durch einen Lebensmitteldiscounter überlagertes verpacktes Fleisch illegal entsorgt worden war. Verständlicher Weise konnten sie nicht lesen um festzustellen, dass auf den Verpackungen ein sehr lange zurück liegendes Mindesthaltbarkeitsdatum stand. Es gelang ihnen die Umhüllungen aufzureißen und sie fanden sehr schmackhaftes für sie unverdorbenes Rind-, Schweine- und Geflügelfleisch. Leo machte sich an die schmackhaftesten Stücke, die er verspeiste, ohne sich zu überfressen. Canis schlug aber derart zu, er konnte sich kaum noch rühren und der Bauer dachte, der Hund wäre krank. Am nächsten Tag erübrigte sich aber das Aufsuchen eines Tierarztes, denn der Verdauungsapparat des Tieres hatte gute Arbeit geleistet.

In den nächsten Tagen besuchten die beiden Tiere mehrmals ihr heimliches Futterlager. Besonders beim Jüngeren kam trotz großer Mengen an Futtervorräten Gier und Neid und vielleicht auch die Sorge auf, noch andere könnten die Stelle entdecken. Ob Leo seinem Mitwisser geraten hatte sich an einer Baustelle, wo die Erde schon aufgelockert war, mit dem Fleisch ein Vorratsdepot einzurichten, kann nicht nachvollzogen werden. Auf alle Fälle schaffte Canis mit dem Maul tragend eine erhebliche Anzahl Fleischpackungen an die neue Stelle, wo er alles verbuddelte. Leo dagegen lebte dem Augenblick und ließ sich täglich die ihm gut bekommenden Mengen schmecken.

Es blieb nicht aus, dass nach einigen Wochen der Umweltfrevel entdeckt und die Fleischpackungen ordnungsgemäß entsorgt wurden. Das Schlemmerleben hatte ein Ende. Canis aber wähnte sich klug, dass er sich ein Vorratslager angelegt hatte. Seine Enttäuschung muss groß gewesen sein, denn als er nach einigen Tagen an die Stelle kam, wo sein Fleisch vergraben war, stand dort inzwischen das Fundament für ein Haus. Der fest gewordene Beton ließ nicht mehr zu, die wertvollen Fleischpackungen wieder auszubuddeln.

Putzi, die gescheite Katze

Sie hieß Putzi, wurde Anfang der 1940er Jahre geboren und hatte sich in einer Bauernfamilie einen Platz in der Wohnung erobert. In dieser Zeit eine Seltenheit für eine Katze, denn in den Bauernhöfen mussten sich diese Tiere in Scheune und Stallungen aufhalten, hatten Mäuse zu fangen und Ratten vom Aufenthalt in den Gebäuden abzuhalten. In der Regel stand vor der Haus- oder Stalltür ein Napf mit Milch und ich höre noch meinen Großvater sagen: „Katzen darf man nichts zufüttern, dann sind sie satt und fangen keine Mäuse. Nur Milch müssen sie bekommen, das ist für alles ein Gegengift und diese Schädlinge, die sie meist ganz fressen, könnten durchaus giftig sein." Diese Gepflogenheiten beobachtete ich damals in allen Bauernhöfen, somit war Putzi eine Ausnahme. Mit ihrer stark ausgeprägten „Katzenart" – nie unterwürfig aber trotzdem anschmiegsam zu sein – erreichte sie diese Sonderstellung und erhielt sogar einen Rufnamen, auf den sie auch hörte. Diese Tierart wurde damals meistens nur Miez oder Kater gerufen.

Mein Großvater sagte allgemein zur Tierhaltung: „Gott sei Dank haben wir es nicht mehr nötig, dass wir, wie es bis zum Mittelalter üblich war, Tiere in unseren Zimmern beherbergen müssen. Auch Hunde und Katzen müssen draußen bleiben und dort ihre Aufgaben erfüllen." Und er fügte spöttisch hinzu:

„Die Tiere wollen unseren menschlichen Geruch gar nicht immer um sich haben. Aus ihrer Erinnerung vom „Wildtierdasein" her ist vielleicht sogar haften geblieben, dass wir Menschen sie einst jagten oder ihnen die Beute streitig machten; darum konnten sie uns nicht riechen."

Als ich als etwa 9jähriger mit einer ca. 4 Wochen alten Katze auf dem Arm vor meinem Großvater stand und ihn bat, das Tier ausnahmsweise mit in die Stube nehmen zu dürfen, knurrte er nur und nickte Zustimmung, denn er war gutmütig und konnte mir nur selten etwas abschlagen. Dann meinte er aber: „Nachts muss das Tier aber raus und tagsüber darf es nur mit dir zusammen drinnen sein. Ich will in unserer Wohnung kein Tierheim einrichten."

Letztlich eroberte aber Putzi auch die Zuneigung meines Großvaters und aller Familienmitglieder, denn sie war nach meinem kindlichen Empfinden gescheit. Sie wusste das Verhalten und die jeweilige Stimmung der einzelnen Menschen einzuschätzen und sich danach zu verhalten. Dabei gab sie aber nie ihre „stolze Katzenart" auf, sie ließ sich nur von Personen auf den Arm oder den Schoß nehmen und streicheln, die sie mochte. Meine Cousine, die 10 Jahre älter war als ich, kam eines Tages aus der Stadt uns besuchen. Sie spielte sich als feine Dame auf und wollte Putzi wie einen Schoßhund behandeln. Ergebnis: Sie fing sich von der Katze zerkratzte Hände und sogar einen Kratzer im Gesicht ein. Auch ich mochte damals meine mit „neumodischen Stadtgepflogenheiten" angebende Cousine nicht, weil sie mich u. a. bei der Begrüßung immer drücken und mir einen Kuss auf die Wange geben wollte. Ich sagte deshalb recht beleidigend: „Putzi mag dich nicht, weil du so nach Parfüm stinkst." Dafür erhielt ich zwar eine Maßregelung von meiner Mutter aber das Vorkommnis wurde im Familienkreis überliefert und wird noch heute manchmal bei Zusammenkünften erzählt.

Jahre später, als ich meine Freundin als zukünftige Schwiegertochter erstmals in der Familie vorstellte, war es die Katze, die signalisierte, dass ich die richtige Wahl getroffen hatte. Sie ließ sich von dieser Frau streicheln und in den Arm nehmen. Mit dieser instinktiv bekundeten Sympathie verband sich eine damals noch nicht geahnte und heute deutlich gewordene Prophezeiung: Unsere Ehe wurde glücklich und wir feierten kürzlich „Diamantene Hochzeit". So verschaffte sich Putzi mit diesen Vorkommnissen eine bleibende Erinnerung in unserer Familie.

Manchmal träumte ich sogar, dass ich mich mit Putzi unterhielt. Tatsächlich deutete ich ihre „Miau – Laute" insgesamt so, weil sie damit ausdrückte was ihr gefiel oder was sie ablehnte. Und noch mehr, sie konnte damit und mit Gesten zeigen, wenn sie ihr Fressen oder in einen Raum hinein oder von dort heraus wollte. Auf einem bestimmten Stuhl mit Kissen hatte sie ihren Stammplatz und fauchte bissig, wenn ihr diesen jemand streitig machen wollte.

Obwohl in unserem Gehöft noch mehrere Katzen frei herumliefen, ließ Putzi es nicht zu, dass eine ihrer Artgenossen jemals auch in die Stube kam. Geschickt wehrte sie alle schon an der Haustür ab. Selbst fremde Hunde hatten vor ihr Respekt und getrauten sich nicht in unser Anwesen.

Jährlich zweimal brachte die Katze 3 bis 6 Junge zur Welt. Für die Geburtsstätte wählte sie fast immer ein Gästebett, das als Notbehelf in einer Bodenkammer stand. So passierte es einmal, dass sich mehrere Verwandte zum Besuch angemeldet hatten und meine Großmutter dieses Bett mit herrichten wollte. Sie fand dort Putzi mit ihrem 1 Tag alten Nachwuchs. Tatsächlich wurden deshalb andere Schlafmöglichkeiten geschaffen und die Katze in ihrem „Wochenbett" belassen. Nur wundere ich mich noch heute, dass wir es schafften alle Tiere des reichlichen Katzennachwuchses von Putzi zu vermitteln bzw. frei laufen zu lassen. Selbst die eigenen Nachkommen duldete Putzi auch nicht im Haus. Leider gab es in jener Zeit noch keine Kenntnis oder Aufklärung über die Kastration der Katzen und die Neugeborenen wurden häufig mit grausamen Methoden getötet.

Als Putzi etwa 18 Jahre alt war verschwand sie von einem Tag auf den anderen. Meine Großeltern waren verstorben und meine Eltern suchten das Tier vergeblich. Zur gleichen Zeit erkrankte mein Vater und musste ins Krankenhaus. Als er sich hierfür fertig machte sagte er: „Wenn Putzi nicht wieder kommt,

dann werde ich im Krankenhaus sterben. Beides ge-
schah, nur der tote Körper der Katze wurde nirgends
gefunden.

Tiere und Hochwasser

Was unsere Haustiere, Wildtiere und Tiere im Zoo uns Wert sind und welches Verhältnis wir zu ihnen besitzen, erfährt man besonders deutlich bei Katastrophen. Die Berichterstattungen zu den Hochwassergeschehen in Deutschland seit 1992 habe ich immer sehr aufmerksam verfolgt und festgestellt: Berichte über „gefährdete Tiere" oder „Tierrettungen" sind verhältnismäßig wenig anzutreffen und rangieren meist noch hinter Aktionen über die „Rettung und Bergung von Sachwerten". Folglich scheint es mit der Beteuerung: „Tiere sind keine Sache, sondern unsere Mitgeschöpfe" manchmal nicht weit her zu sein.

Lediglich wenn sich aus einer Tierrettung eine sensationelle Reportage herausholen lässt, finden auch unsere Mitgeschöpfe eine größere Beachtung. Beim Hochwasser von Elbe, Donau und Moldau 2002 kam mir ein solcher Bericht zur Kenntnis: Als in Tschechien die Moldau ebenfalls Pegelhöchststände erreichte, war die historische Stadt Prag gefährdet. Unter den Opfern der Flut waren Tiere aus dem Zoo. Ein 35-jähriger Elefant musste bei einem Rettungsversuch erschossen werden. Auch ein Nilpferd und viele Vögel überlebten nicht. Ein siebenjähriger Gorilla mit dem Namen „Ponk" ertrank in seinem Käfig. Als ich dies las musste ich daran denken, dass es für Tiere bestimmt ebenso grausam ist wie für Menschen, wenn sie eingesperrt ertrinken müssten. Ein Seelöwe entkam in die Moldau. Er legte über 300 km in den Flüssen zurück und hätte mit dieser Leistung ein Held werden können. Bei Dessau wurde er eingefangen. Er starb aber, als er nach Prag zurück transportiert wurde.

Als nachahmendes Beispiel erzählte mir ein 15jähriges Mädchen ihre Geschichte beim Oderhochwasser 1997. Die Flut überraschte sie und ihre Mutter in ihrem abgelegenen kleinen Gehöft. Ringsherum stieg das Wasser sehr schnell an und drang in alle Gebäude ein. Der Vater war am Deich und füllte gemeinsam mit vielen Helfern Sandsäcke, die aber nicht ausgereicht hatten das Leck im Damm zu schließen. Im Stall befanden sich zwei Läuferschweine, zwei Schafe und eine Ziege, die mit ihren Füßen schon im Wasser standen. Es berichtete weiter: „Wir dachten nicht an unsere eigene Sicherheit, sondern brachten als erstes die Tiere ins Haus. Das war noch einfach, weil sie uns kannten und sich wie Hunde an der Leine führen ließen. Vielleicht merkten sie auch eine drohende Gefahr und folgten uns bereitwillig. Nun stieg das Wasser in der Stube unaufhörlich an und wir mussten in die erste Etage flüchten. Die Ziege und die Schafe schafften die schmale Treppe mühelos nach oben. Die Schweine aber wollten partout nicht hinauf. Kurz entschlossen holte meine Mutter ein Betttuch aus dem Schrank. Wir beförderten die beiden je 40 kg schweren Tiere einzeln, wie in einer Hängematte liegend, nach oben. Durch ihr Strampeln und sich Wehren zerrissen sie zwar das Laken, das machte jedoch nichts, unsere Aktion klappte. Hund und Katze hatten sich freiwillig mit zu uns begeben. Im Schlafzimmer im 1. Stock warteten wir nun trockenen Fußes auf unsere Rettung. Nach einer gewissen Zeit, das Wasser reichte inzwischen bis an die Unterkante der 1. Etage, kam mein Vater mit einem größeren Boot, das er am Schlafstubenfenster festmachte. Wir brauchten nur einen Meter tief nach unten in den Kahn einsteigen und die mitgekommenen zwei Feuerwehrleute konnten auch alle unsere Tiere schadlos verfrachten!

Probleme gab es, als wir mit unseren Tieren in der Notunterkunft in einer Turnhalle ankamen. Hier gab es nur Platz für Menschen. Aber es fand sich ein freundlicher Bauer, der mit seinem Anhänger am Trecker unsere Schweine, Schafe und Ziege zu einem höher gelegenen Dorf brachte. Dort konnten wir in einem Gehöft in einer Scheunentenne vorübergehend unsere Tiere unterbringen. Nur unsere Katze wollte bei uns bleiben und mit in die Notunterkunft für Menschen.

Der Fuchs ist kein Haustier

Auf dem Hof einer Försterei glaubten Fremde zunächst, in einem Zwinger sei ein Haushund untergebracht. Es war aber ein echter Rotfuchs. Die beiden 8- und 10jährigen Kinder des Försters, ein Junge und ein Mädchen, hatten ihren Vater dazu überreden können, das heranwachsende Tier, nicht zu töten, sondern weiter wie ein Haustier zu halten. Dem Jägersmann widerstrebte das gewaltig, denn mit Füchsen hatte er schon so manche schlimme Erfahrung gemacht; sie durften in seinem Revier keinesfalls überhand nehmen. Eine Auswilderung wäre deshalb in seinen Augen auch widersinnig gewesen. Nur bei diesem Rotfuchs war er nicht frei von Emotionen. Er hatte den Fuchswelpen ehemals halbverhungert neben der in den letzten Atemzügen liegenden Tiermutter gefunden. Die beiden Geschwister des Welpen waren schon verhungert und tot. Der Mann, dem sonst nicht sofort etwas aus dem Gleichgewicht brachte, konnte lange den Blick der sterbenden Füchsin nicht vergessen. Er glaubte, sie wolle ihm im letzten Moment sagen: „Kümmere dich um meine Kleinen." Das Muttertier klemmte mit seinem Hinterteil in einer gefährlichen Tellerfalle fest; ein Entkommen war aussichtslos. Alles war auch so eingequetscht, dass die Welpen nicht mehr am Euter der Füchsin trinken konnten. Die Größe und Konstruktion der gefährlichen Falle deutete darauf hin, dass ein Wilderer damit größere Tiere fangen wollte. Die Eisenbügel des Tellereisens hatten der Füchsin das Becken zerschlagen und solche inneren Verletzungen zugefügt, dass keine Hilfe mehr möglich war. Der Förster gab ihr den Gnadenschuss, um sie auch von ihren großen Schmerzen zu befreien; ich denke, das war richtig, denn das Tier hätte sich nicht mehr um den Nachwuchs kümmern können. Als er den Fuchswelpen nach hause brachte sagte er: „Hier bringe ich etwas Junges zum Aufziehen, dessen Mutter grausam umgebracht wurde, die wollte bestimmt noch nicht sterben."

Der Vater belehrte die beiden, dass sie im Umgang mit diesem Fuchs sehr vorsichtig sein sollten, er bleibt ein Wildtier. Im Übrigen gab er ihnen Anleitungen und Hinweise zur Aufzucht des Rotfuchses. In der Gefangenschaft kann das jedoch nicht in jedem Falle tier- und naturgerecht erfolgen. Die Ziegenmilch, die der Kleine aus der Nuckelflasche sehr gierig trank, schmeckte ihm am Anfang sehr gut. Aber später hätte er sich bestimmt auch einmal Mäuse gewünscht und nicht nur Fleisch von geschlachteten Tieren. Dieser Förster hatte übrigens widerlegt, dass Füchse ausgesprochene Fleischfresser sind, denn der kleine Zögling fraß auch z. B. rohe Zuckerrüben sehr gern. Darauf war der Weidmann gekommen, weil er im Mageninhalt erlegter Füchse Reste solcher Feldfrüchte gefunden hatte. Er sagte deshalb immer: „Es gibt unter den Füchsen auch Vegetarier, die es nicht ausschließlich auf die Hühner und Gänse der Bauern abgesehen haben."

Mit großer Hingabe widmeten sich die beiden Kinder der Aufzucht des Fuchses und wurden sehr traurig, als er nach und nach heranwuchs und sein Wesen als Wildtier zeigte. Nun mussten Vorkehrungen getroffen werden, ihn im Zaum zu halten und zu bändigen; trotz des ständigen Menschenkontakts, der Pflege und dem liebevollen Umgang, war er im Grunde nicht zahm wie ein Haustier geworden. Oft stand der Dackel bellend vorm Zwinger, schien sich zu freuen und meinte wohl:

„Das ist die Gerechtigkeit der Welt,
die denjenigen gefangen hält,
der Gänse und Hühner frisst
und deshalb Feind des Menschen ist.
Mich dagegen lieben alle sehr,
denn ich verhalte mich immer fair.
Trotzdem steht mir mein eigener Wille gut,
er versetzt die Menschen manchmal sogar in Wut."

Schon zweimal war der Fuchs bisher aus seinem Zwinger ausgebrochen und bis in den Hühnerstall des Nachbarn gelangt. Der Dackel hatte aber den Räuber rechtzeitig gestellt, der schnell wieder in seine sichere Gefangenschaft flüchtete. Außer den aufgeregt herumflatternden Hühnern, die vielleicht deshalb an diesem Tag weniger Eier legten, war kein weiterer Schaden entstanden. Der kleine Hund sonnte sich aber in seinen Erfolgen. Es galt jedoch, weiteren ähnlichen Vorkommnissen vorzubeugen. Nicht alle Menschen bringen volles Verständnis dafür auf, wenn wilde Tiere sich in ihren Wohnbereich wagen. Sie tun das auch zur Futtersuche sehr gern, weil sie vor Menschen keine besondere Scheu mehr haben. Der Förster versuchte nun seinen Kindern zu erklären, dass sich alle unsere Mitgeschöpfe nur dann wohl fühlen, wenn sie ihren natürlichen Trieben nachgehen und in angepasster gewohnter Umgebung zwanglos leben können. Anderenfalls, so übertrieb er sogar etwas, würden sie lieber sterben. All das überzeugte aber nicht.

Der Förster musste „schärfere Geschütze" auffahren, um die Kinder zu überzeugen, dass der wilde Rotfuchs nicht länger in dieser Form in Gefangenschaft gehalten werden kann. Der Vater argumentiert und betont: „Um ein genügend großes Freigehege für das Tier zu schaffen fehlen uns das Geld, die Mittel und auch selbst in unserem Förstereigelände und seiner Umgebung die entsprechenden Möglichkeiten. Der Zoo oder das Tiergehege in der Stadt haben selbst zu viele Füchse, sie würden lieber welche abgeben als zusätzliche aufnehmen. Bleiben als einzige Mittel: Schmerzloses Töten oder Auswildern. Letzteres ist aber mit vielen Risiken für das Tier verbunden und nicht sicher, ob es problemlos klappt. Das Tier hat nicht gelernt mit Gefahren in der freien Natur umzugehen und ist außerdem in der Nahrungsbeschaffung ungeübt."

Nach reiflicher Überlegung kündigte der Förster an, den Fuchs am nächsten Tag, wenn die Kinder in der Schule sind, zu erschießen, obwohl es ihm widerstrebt, ein eingesperrtes Tier zu erlegen. Er wusste, dass das nicht weidgerecht ist, wollte aber besonders diesen Fuchs unbedingt sicher und schmerzlos töten.

Der Förster hätte sein Tun nicht ankündigen dürfen. In der Nacht schlichen sich die beiden Kinder heimlich zum Fuchs und ließen ihn frei. Er trollte sich auch sofort davon, als ob er ahnte was ihm bevorstand. Der Vater war am nächsten Morgen sehr ärgerlich. Wie sollte er die Unfolgsamkeit der Kinder bestrafen? Prügelstrafe lehnte er ab, aber einen Denkzettel mussten sie erhalten.

Die Kinder mussten in den nächsten Wochen in ihrer Freizeit im Haus und Gehöft Arbeiten verrichten, die sie sonst nur ungern und widerwillig taten. Z. B. Kaninchen- und Hühnerstall ausmisten, Scheune und Dachboden säubern und ähnliche Aktionen, die sonst meistens aufgeschoben worden waren.

Der Fuchs hatte sich davon geschlichen und wurde nie wieder gesehen. Wahrscheinlich war die Auswilderung geglückt. Der Förster sagte dazu, dass er ihn bestimmt erkannt hätte, wenn er irgendwo im Revier aufgetaucht wäre. Im Grunde war er letztlich über diese Lösung gar nicht allzu böse. Es wäre ihm bestimmt schwer gefallen, das Tier, das so lange in der Obhut der Familie war, irgendwann, wenn es altersschwach oder krank geworden wäre, erschießen zu müssen.